ANNA ROOS &
KENNETH JOHANSSON

# Der König des Waldes

ANNA ROOS &
KENNETH JOHANSSON

# Der König des Waldes

Übersetzung: Jens Finckh

VOTUM

Zunächst möchte ich mich bei Peter Andersson, Skillingaryd, bedanken, der sich mit seinem Grauhund Trolle für die Jagdfotos zur Verfügung gestellt hat.

Mein Dank gilt sodann Erik Åhlander vom Schwedischen Naturhistorischen Museum, der mir bei der Suche älterer Literatur und dem Bericht von der Bestimmung der Arten durch Linné behilflich war.

Dank gebührt auch Sven Kullander, Olavi Grönvall und Peter Mortensen vom Schwedischen Naturhistorischen Museum sowie Gunnar Bertmar, die mir mit Nachweisen und Auskünften geholfen haben.

Zuletzt ein ganz besonderer Dank an Jonas Malmsten, der den Text auf seine sachliche Richtigkeit überprüft und mir wichtige Anregungen gegeben hat.


Gestaltung: Per Kollberg
Übersetzung: Jens Finckh
Gedruckt in Lettland 2011
ISBN 978-91-85815-53-1

# Begegnung mit dem König des Waldes

Der Elch ist die größte Hirschart der Welt. Er ist ein imposantes Tier und es leuchtet ein, dass wir ihn als den König des Waldes bezeichnen. Denn mit seinem Gewicht von bis zu einer halben Tonne und mehr ist er Schwedens größtes Tier. Er ist zu einem Symbol geworden: für das Wild, den Wald – und Schwedens Natur insgesamt. Fast jeder liebt Elche, aber sie bringen auch gewisse Probleme mit sich in Gestalt von Verkehrsunfällen und Waldschäden.

Der Elch ist für Schweden von hoher symbolischer Bedeutung; viele Touristen verbinden mit unserem Land schöne Natur und große Elche. Das zeigt sich nicht zuletzt an all den Elchsouvenirs, die man kaufen kann – es gibt einfach alles: Becher, T-Shirts, Unterhosen, Basecaps, Schmuck, unzählige Ansichtskarten. Ja, man kann sogar aus Elchlosung geschöpftes Papier kaufen und Käse aus Elchmilch!

In den letzten Jahren sind Elchsafaris immer beliebter geworden. Nicht nur ausländische Touristen, sondern auch Schweden gehen gern auf Safari. Hier bekommt man die Gelegenheit, einem Elch ganz aus der Nähe zu begegnen; man wird in großen Gehegen zwischen zahmen Elchen umher gefahren, und hat man ein paar Zweige dabei, kommen die Elche, um einem aus der Hand zu fressen. Für jemanden, der es selbst noch nicht erlebt hat, mag das eigenartig klingen, aber mir hat es viel Spaß gemacht, als ich es letzten Sommer ausprobiert habe – und ich hätte nicht im Traum gedacht, dass ich sogar, ganz buchstäblich, einen Elch knutschen würde!

Ich denke, dass sich jeder freut, wenn er einen Elch sieht, nicht nur Jäger und Touristen – ganz einfach, weil er ein unglaublich eindrucksvolles Tier ist. Eine Begegnung mit einem Elch vergisst man nicht so schnell. Aber eigentlich ist es merkwürdig, wie oft man keine Elche sieht: sie sind ja weit verbreitet. Bei meinen Pilz- und Hundewanderungen im Wald sehe ich immer ihre Spuren, aber nur selten kann ich dabei auch tatsächlich einen Elch erspähen. Ab und zu habe ich Glück und sehe, wie eine dunkle Gestalt vor mir im Wald "dahingleitet" – meist völlig geräuschlos. Es ist erstaunlich, wie anmutig sich ein so großes und eher plump wirkendes Tier bewegen kann. Sieht man einen Elch über einen Kahlschlag laufen, ist es, als schwebte er voran, ein paar Zentimeter über dem Erdboden.

Lautlos, engelsgleich, beeindruckend.

Linné verweist auf Joannes Jonstonus, Historia naturalis animalium (ab 1650 in zahlreichen Aufl.). Der Elch ist hier einigermaßen korrekt abgebildet, doch pflegt er nicht unter einem Baum zu sitzen wie der Stier Ferdinand in Walt Disneys Zeichentrickfilm.

# Die sagenumwobene Geschichte der Elche

Der wissenschaftliche Name für den Elch lautet *Alces alces alces* und stammt von einem griechischen Wort ab, das Kraft bedeutet. Diesen Namen wie seinen Ort innerhalb der zoologischen Klassifikation hat ihm Carl von Linné in seinem Buch *Systema naturae* von 1758 zugewiesen. Freilich wurde der Elch auch schon früher mit *alces* bezeichnet, und es ist fraglich, ob Linné jemals einen Elch in freier Wildbahn gesehen hat. Denn seine Beschreibung der Art ist sehr knapp gehalten und beruht auf älteren Darstellungen in Wort und Bild. Betrachtet man einige der Illustrationen, auf die Linné sich bezieht, wird deutlich, dass auch die meisten Illustratoren selbst nie einen echten Elch gesehen haben können, sondern sich ihrerseits von Beschreibungen und ihrer Fantasie haben leiten lassen.

Elche hat es auf der skandinavischen Halbinsel wohl seit dem Ende der letzten Eiszeit gegeben. Julius Caesar schrieb (*De bello Gallico* VI, 27, 52/51 v. Chr.), *alces* erinnere an das Reh, seine Hörner aber seien lediglich Stummel (offenbar hatte Caesar keinen ausgewachsenen Elchbullen vor Augen). Da der Elch an seinen Läufen keine Gelenke habe, könne er sich weder hinlegen noch aufstehen; um zu ruhen, lehne er sich gegen einen Baum. Daher sei es, so Caesar weiter, leicht, einen Elch zu fangen: Man müsse nur die Bäume in seiner Umgebung an ihren Wurzeln kappen, dann fiele der Baum, an den ein Elch sich zum Schlafen lehne, um – und der Elch mit diesem. Ein anderer Römer, Plinius, schrieb, der Elch müsse rückwärts gehend äsen, um sich nicht in seiner langen Oberlippe zu verheddern (*Naturalis historia* VIII, 39, um 79 n. Chr.)!

Apollonius Menabenus, der Leibarzt Johanns III. von Schweden, schrieb eine ganze "Abhandlung über das große Tier, das manche Elch nennen" (*Tractatus de magno Animali,* 1581), und dessen Bedeutung für die Heilkunst. Vor einiger Zeit ist eine moderne schwedische Übersetzung dieses Buches erschienen – eine ausgesprochen unterhaltsame Lektüre. Menabenus berichtet, Geweih und Klauen des Elchs

Auch auf diese Abbildung aus Jonstonus' Naturgeschichte verweist Linné. Offensichtlich hat der Illustrator nie einen wirklichen Elch gesehen...

Oben links ein wirklichkeitsgetreu dargestelltes Elchgeweih. Die Illustration entstammt Adam Olearius, *Gottorffische Kunst-Kammer* (1674), auf die sich Linné bezieht.

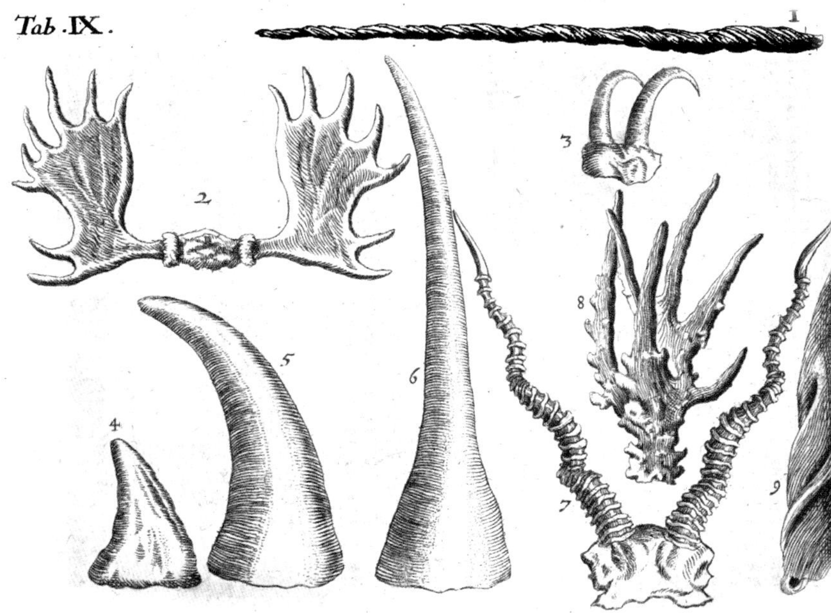


eigneten sich zur Behandlung der Fallsucht (Epilepsie), allerdings nur, wenn sie vom brünftigen Tier genommen würden, da in der Brunft die Lebenskräfte im Überfluss vorhanden seien. Tatsächlich beschäftigt sich ein Großteil der Schrift mit der Frage, wann und auf welche Weise man die Klauen am besten gewinnt und welche von ihnen die stärkste Wirkung haben (die des rechten Hinterlaufs). Diese solle der Patient dann an sein Ohr halten. Man glaubte nämlich, der Elch litte selbst an diesem Leiden (das sonst nur Mensch und Wachtel befiele) und könne sich davon kurieren, indem er die rechten Hinterklauen gegen sein Ohr führe. Der Elch hatte also nicht nur die Krankheit, sondern auch die Arznei! Diese Erörterungen lassen mich an heutige Präparate denken, beispielsweise den Export von Rentiergeweihen nach Japan – zu "medizinischen" Zwecken.

In Olaus Magnus' Schrift *Über die nordischen Völker* (*Historia de gentibus septentrionalibus*, 1555) finden sich einige Passagen über den Elch, der bei ihm auch als Wildesel bezeichnet wird. Olaus Magnus erzählt, wie ein Wiesel einen Elch töten könne, indem es sich anschleiche und diesem in den Hals beiße, so dass er verblute. Auch weiß er von gezähmten Elchkälbern zu berichten, die bisweilen, vom Durst getrieben, gewaltige Krüge voller Bier leerten, die ihnen die Gäste im Wirtshaus

Laut Olaus Magnus (1555) kann ein Wiesel einen Elch töten.

bei Tische anböten. Weiterhin berichtet Olaus Magnus, man könne Krämpfe und Epilepsie mit den rechten Hinterklauen eines Elchbullen heilen, wenn diese Mitte August, also noch vor der Begattung, dem lebenden Tier abgeschlagen würden. Wie gesehen, setzt Apollonius Menabenus die Diskussion dieser Frage etwa dreißig Jahre später fort.

Olaus Magnus zufolge wurde der Elch auch als "Wildesel" bezeichnet – und gibt es nicht gewisse Ähnlichkeiten?

# Verbreitung

Elche kommen in Nordeuropa, Nordamerika und Asien vor. Sie gehören alle zu derselben Art, lassen sich jedoch in verschiedene Unterarten einteilen. Es gibt mindestens sieben Unterarten. Die größten Elche findet man in Alaska; sie tragen den wissenschaftlichen Namen *Alces alces gigas* und können fast doppelt so groß werden wie unsere Elche in Schweden. Ein solcher Elchbulle kann bis zu einer Tonne wiegen und ein Geweih mit einer Spannweite von zwei Metern tragen! Unser Elch, *Alces alces alces*, ist in Nordeuropa wie in Asien heimisch; in Asien gibt es neben ihm noch zwei weitere Unterarten.

Elche verteidigen kein Revier, aber sie siedeln in sogenannten Heimatgebieten. Im nördlichen Schweden, wo das Nahrungsangebot geringer ist, sind diese Gebiete größer als im Süden des Landes. Elchbullen sind in der Regel Einzelgänger, wenn sie nicht gerade in Gesellschaft einer Elchkuh sind. Elchkühe leben im Familienverband mit ihren Kälbern, aber nicht zusammen mit anderen Kühen. Junge Bullen können sich im Sommer zu kleineren oder größeren Gruppen zusammenschließen; man spricht hier von Junggesellenclubs. Sie verhalten sich untereinander friedlich, aber sicherlich kommt es gelegentlich, als Vorbereitung auf die Brunft, zu einem Kräftemessen.

In den nördlichen zwei Dritteln des Landes unternehmen die Elche jahreszeitliche Wanderungen. Sie verlassen ihren Sommerlebensraum in den ausgedehnten Hochlagen zugunsten niedriger gelegener und küstennäherer Waldgebiete. Dabei können sie Dutzende von Kilometern zurücklegen. Im Winter leben sie auf deutlich engerem Raum zusammen, so dass in manchen Gebieten auch größere Rudel keine Seltenheit sind. Dort können sie dann im Kiefernwald beträchtlichen Schaden anrichten. Aber nicht alle Elche folgen diesen uralten Wanderungsmustern, ein Teil von ihnen ist standorttreuer und hält sich an ein Gebiet von etwa 1000 Hektar.

Elche sind bestens angepasst an Kälte und Schnee, mit höheren Temperaturen kommen sie hingegen weniger gut zurecht; daher ist ihr Verbreitungsgebiet nach Süden hin durch das Klima begrenzt. Am liebsten mag der Elch kalte Winter und kühle Sommer; das dürfte zum Teil auch erklären, warum man die größten Elche

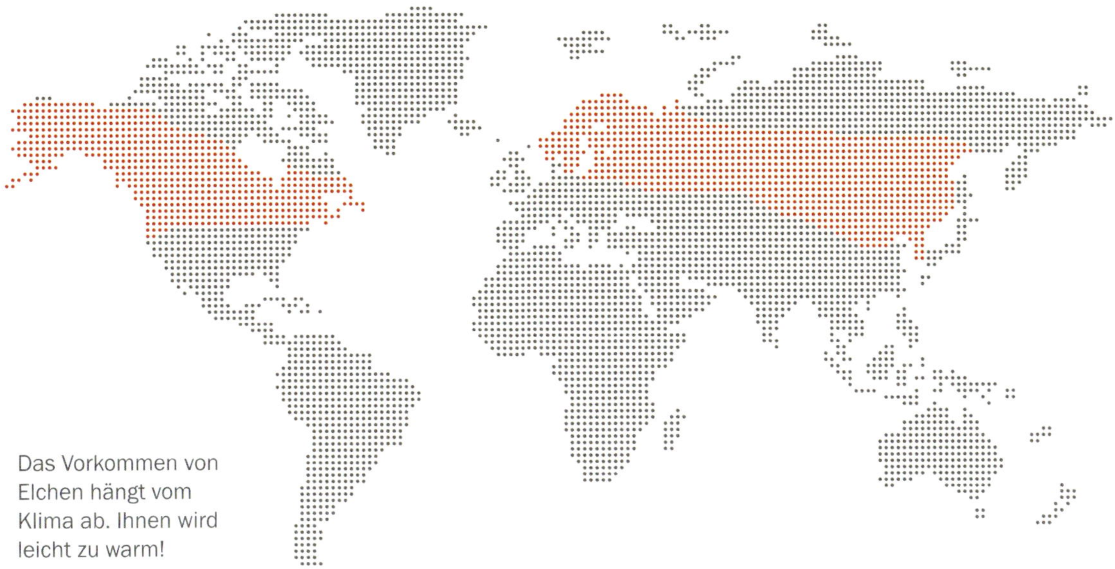

Das Vorkommen von Elchen hängt vom Klima ab. Ihnen wird leicht zu warm!

in Schweden meist im Norden des Landes findet. Einen anderen Erklärungsansatz hierfür liefert die unter Biologen allseits bekannte "Bergmannsche Regel", derzufolge gleichwarme Tiere umso größer sind, je kühler das Klima ihres Lebensraumes ist. Denn bei einem großen Tier ist ja die Körperoberfläche im Verhältnis zu seinem Volumen geringer als bei einem kleineren Tier. Und da der Körper seine Wärme über die Oberfläche abgibt, ist es in einem kalten Klima von Vorteil, groß zu sein, um mit der Wärme hauszuhalten. Als "Beweis" für diese Regel wird unter anderem der Elch gerne herangezogen; doch gibt es zu dieser Regel auch erwägenswerte Ausnahmen. Am ehesten verhält es sich wohl so, dass die Qualität des Nahrungsangebots für die Elche im Norden besser und der Jagddruck geringer ist.

In Dänemark gibt es keine dauerhaft lebenden Elche; allerdings ist 2000 einer von Schweden nach Dänemark geschwommen. Das Tier ging bei Hornbæk an Land, etwas nördlich von Helsingør, und muss demzufolge mindestens acht Kilometer weit geschwommen sein. Die Dänen waren gewiss ebenso überrascht wie erfreut, ihre Fauna um ein Säugetier bereichert zu sehen. Der Elch – eine Kuh, die den Kosenamen Vilse erhielt (von schwedisch *vilse* = verirrt; Anm. des Übers.) – hielt sich einsam und allein ein knappes Jahr in Nordseeland auf; doch im Mai 2001 wurde sie von einem Zug erfasst und starb.

Es ist Somme
Noch bedeckt die Basthau
das wachsende Geweih

# Der Elch

Mit ihrem großen, langgezogenen Kopf auf einem mächtigen Rumpf und ihren langen, dünnen Beinen sehen Elche eigentlich eher plump aus. Aber sie bewegen sich voller Anmut, wenn sie über Stock und Stein hinweggleiten.

Elche haben ein dunkelbraunes, manchmal auch ins Schwarze spielendes Fell, während die Beine eher hellgrau sind. Der Widerrist zeigt einen charakteristischen Buckel. Das Hinterteil des Elchbullen ist vollständig dunkel, wohingegen die Hinterläufe der Elchkühe bis zur Innenseite der Schenkel hinauf hell sind. So kann man auch im Winter, wenn man sich nicht am Geweih orientieren kann, das Geschlecht leicht feststellen. Zudem ist die Brustpartie beim Bullen deutlich kräftiger ausgebildet, so dass er insgesamt einen stärker vorderlastigen Eindruck macht.

Manchmal, aber nur sehr selten, sieht man auch weiße Elche. In einem Gebiet im Westen Schwedens, vor allem bei Arvika in Värmland, gibt es ein paar Dutzend weiße Elche. Von der Jagd sind sie in keiner Weise ausgenommen. Einige Jäger würden die "unnatürlichen" Tiere am liebsten ausrotten, andere wollen diese geheimnisumwitterten Elche bewahren. Es handelt sich übrigens nicht um Albinos; die meisten weißen Elche haben nicht rote, sondern braune oder blaue Augen. In manchen Ländern heißt es, man müsse innerhalb eines Jahres sterben, wenn man einen weißen Hirsch erlegt. Der österreichisch-ungarische Thronfolger Franz Ferdinand fiel 1914 bekanntlich

Derselbe Elchbulle, fotografiert im Abstand von einem Jahr in Skillingaryd, Småland.
Man beachte die Vergrößerung des Kehlbartes innerhalb eines Jahres.

einem Attentat in Sarajevo zum Opfer – angeblich hatte er kurz zuvor einen weißen Damhirsch geschossen. Man sollte es sich also lieber zweimal überlegen, bevor man auf einen weißen Elch anlegt. Elchkühen wie -bullen wächst ein Kehlbart. Dieser ist beim Bullen stärker ausgeprägt und wird mit den Jahren immer breiter; daher gibt er Aufschluss über Alter und Status des Bullen. Insgesamt wirkt der Kopf beim Bullen aufgrund des längeren und breiteren Kehlbarts kürzer und klobiger als bei der Kuh. Das ist aber eine optische Täuschung, in Wirklichkeit ist sein Schädel sogar etwas länger. Des kräftigeren Halses wegen sieht der Buckel beim Bullen kleiner aus als bei der Kuh; diese scheint bisweilen einen leichten Senkrücken zu haben. Außerdem ist ein Elchbulle etwa 20 % größer als eine Elchkuh. Im Herbst wiegt ein Elch am meisten; ein großer Bulle bringt dann etwa 350–650 kg auf die Waage, bei einer Schulterhöhe bis über 2 m. Eine ausgewachsene Kuh wiegt dagegen "nur" 250-500 kg, bei einer Schulterhöhe um 1,70 m. Dabei hängt die Größe eines Elchs nicht nur von Geschlecht und Alter ab, auch die natürliche Umgebung spielt eine Rolle. Ein wichtiger Faktor für die Größe des Körpers wie des Geweihs ist ein gutes Nahrungsangebot. Elche können ein Alter von bis zu 20 Jahren erreichen; aufgrund der intensiven Bejagung werden die meisten Elche in Schweden jedoch nur ein paar Jahre alt.

Der charakteristische Muffel mit seiner langen, beweglichen Oberlippe funktioniert ähnlich wie ein Rüssel, mit dem der Elch Äste und Zweige ergreift, um sie zu fressen. Elche haben keine Schneidezähne im Oberkiefer.

Die trichterförmigen Ohren sind sehr beweglich; Elche haben ein sehr gutes Gehör und einen ausgezeichneten Geruchssinn. In besonders kalten und schneereichen

Die Losung des Rehs (links) ist deutlich kleiner als die des Elchs (rechts).

Regionen haben die Elche nicht nur vergleichsweise größere Klauen und längere Beine, um sich dem tieferen Schnee anzupassen, sondern auch kleinere Ohren – wahrscheinlich, um weniger Wärme zu verlieren. Übrigens zeigen die Ohren auch an, in welcher Stimmung ein Elch ist: Wie ein Pferd legt er die Ohren an, wenn er wütend ist.

Das Sehvermögen der Elche ist hingegen nicht so gut entwickelt; umso beeindruckender ist ihr Gesichtsfeld: es beträgt fast 360°. Die Augen sind so platziert, dass sie zugleich nach vorne und nach hinten sehen können. Elche haben keine Farbwahrnehmung und können nur schlecht unbewegte Gegenstände erkennen. Daher kann man sich einem Elch nähern, wenn man sich nur vorsichtig genug anschleicht und nicht den Wind im Rücken hat.

Elche bewegen sich fast geräuschlos – wenn sie nicht davongaloppieren – und erreichen dabei Schrittlängen von bis zu 4 m. Meist bewegen sie sich im Schritt oder im Trab, bei Schrittlängen von 1,50 bis 2 m. Hindernisse bis etwa 1,80 m Höhe – wie z.B. ein Wildgehege – überspringen sie, wenn sie wollen, mit Leichtigkeit. Das Trittsiegel eines ausgewachsenen Elchbullen ist 12-16 cm lang. Auf weichem Untergrund tritt der Elch voll auf, wobei sich seine Hauptklauen (die sogenannten Schalen) spreizen; der Abdruck ist dann bedeutend größer, etwa 26 cm lang. Dies liegt daran, dass sich etwas oberhalb der Schalen auf der Rückseite der Beine zwei nach hinten zeigende und ebenfalls gespreizte Afterklauen befinden. Auf diese Weise verfügt der Elch sozusagen über integrierte Schneeschuhe, die es ihm ermöglichen, sich ungehindert auch über sehr weichen Boden zu bewegen, wie etwa Bruchwälder und

Die sogenannte "Schäle".

Moore, die für uns Menschen – trotz unseres viel geringeren Gewichts – vollkommen unpassierbar wären.

Auch wenn man beim Waldspaziergang meist keine Elche sieht, so lässt sich trotzdem feststellen, ob es in der Gegend welche gibt – dank der von ihnen hinterlassenen Losungshaufen. Sie sind zahlreich und leicht zu entdecken. Im Winter besteht die Losung aus Haufen von 2-3 cm langen, ovalen und trockenen Kugeln. Im Sommer sieht die Losung anders aus, sie ist viel weicher in der Konsistenz, weil die Äsung feuchter ist und weniger trockene Fasern enthält. Da ein Elch im Winter etwa 15 Losungshaufen pro Tag hinterlässt, ist es nicht schwer, welche zu finden. Ebenso leicht erkennt man, wo ein Elch geäst hat. Elche rupfen Blätter von Zweigen oder beißen Zweige mit ihren Backenzähnen ab. Die zurückbleibenden Äste sehen – wie bei den Futterplätzen von Rot- und Damhirschen oder Rehen – unregelmäßig ausgefranst aus. Im Unterschied zu diesen pflegen Elche aber auch Baumrinde zu fressen. Man spricht hier von der Schäle, die insbesondere im Frühling an jungen Kiefern zu beobachten ist.

Genau wie andere Wiederkäuer haben Elche vier Mägen. Die ersten beiden, der Pansen und der Netzmagen, enthalten zahlreiche Bakterien, die die faserreiche Äsung aufspalten und so auf die weitere Verdauung vorbereiten. Später würgt der Elch den Mageninhalt hoch und käut diesen wieder, um ihn abermals herunterzuschlucken. Nachdem er zwei weitere Mägen passiert hat, gelangt der Nahrungsbrei in den Darm, wo ihm die Nährstoffe entzogen werden. Darum widmet der Elch dem Wiederkäuen viel Zeit.

Elche sind recht stille Tiere. Manchmal ist der Kontaktlaut zu hören, durch den die Elchkuh sich mit ihrem Kalb verständigt, ein dumpf-nasales "hng" oder "hngaa". Die Kälber lassen bisweilen ein Wimmern hören; und in der Brunft gibt der Elchbulle, wenn er einer Elchkuh folgt, eine Art Grunzen von sich. Es ist nicht besonders schwer, den Lockruf der Elche nachzuahmen und auf diese Weise schon im August einen Elch vor die Büchse oder die Kamera zu locken. Aber der größte Teil der "Elchsprache" ist weitaus subtiler und für uns Menschen gar nicht wahrnehmbar. Die Elche bedienen sich dabei ihres guten Geruchssinns. Sie haben an verschiedenen Körperstellen Drüsen, die Düfte absondern, Pheromone, die vor allem andere Elche ansprechen. Die Düfte der Zwischenklauendrüsen verraten beispielsweise mit jedem Schritt den Familienstand des Elchs: sein Alter und Geschlecht, seinen sozialen und sexuellen Status. Es gibt auch Drüsen, die ein Sekret produzieren, um bei Gefahr andere Elche zu warnen. Zugleich offenbaren diese Düfte jedoch auch Raubtieren, wo sich der Elch gerade befindet; sie können seiner Spur folgen und leicht "sehen", in welche Richtung er gelaufen ist. Zum Glück haben auch die Raubtiere solche Duftdrüsen in ihren Pfoten bzw. Tatzen – so kann der Elch seinerseits im Blick behalten, wo seine Feinde sind.

Eines Nachts konnte ich beobachten, wie drei Wölfe über ein Moor liefen. Ein paar hundert Meter hinter den Wölfen kam ein Elch in dieselbe Richtung gelaufen, fünf Minuten später folgte eine Elchkuh mit ihrem Kalb, allem Anschein nach ruhig und unbekümmert. Ob sie die Wölfe wohl bemerkt hatten? Sie schienen sie jedenfalls nicht weiter zu beschäftigen. Vielleicht hatte die Duftspur der Wölfe den Elchen etwas mitgeteilt, wovon wir nichts wissen können. Oder die Elche hatten verstanden, dass die Wölfe nicht auf der Jagd waren. Es war spannend, das Geschehen noch einige Minuten zu verfolgen, denn die Wölfe hätten sich ja leicht umdrehen und die Elche entdecken können. Aber sie verschwanden einfach im Wald, wie etwas später auch die Elche.

Der Wald ist voller Duftspuren von den verschiedensten Tieren. Wäre es nicht fantastisch, wenn es so etwas wie eine künstliche Nase gäbe, die – als eine Art Geruchs-Feldstecher – die Informationen bündeln und uns so helfen könnte, all die Duftspuren zu entdecken und zu deuten?! Wer je einen Hund beim Spüren beobachtet hat, weiß, was ich meine. Hunde nehmen ihre Umgebung ganz anders wahr als wir Menschen. Selbst bei starker Umweltverschmutzung durch den Straßenverkehr kann ein Hund ein bestimmtes Stück Reh oder Elch identifizieren und der Spur folgen, gleich, wie viele andere Düfte ihn umgeben und stören.

Man beachte die etwas höher am Lauf sitzenden Afterklauen. Sie helfen dem Elch, sich auf weichem Boden (z.B. im Moor) fortzubewegen; dann spreizen sich die Klauen und fungieren wie Schneeschuhe.

Oben: Rehbock.
Unten: Rothirsch.

# Hirsche

In Schweden kommen fünf Hirscharten vor: Elche, Rehe, Rot- und Damhirsche sowie Rentiere.

Das Reh ist die in Schweden häufigste Hirschart – und zugleich die kleinste. Man findet Rehe praktisch im ganzen Land, abgesehen von den Bergen oberhalb der Baumgrenze. Auf Gotland wurden sie in den 1980er oder 1990er Jahren eingebürgert und vermehren sich dort seither stark. Rehe sind bei uns die einzigen Hirsche, die ihr Revier verteidigen. Ihre Brunft findet früher im Jahr statt als die anderer Huftiere. Man muss also keine Angst haben, wenn man an einem Juli- oder Augustabend ein lautes Röhren oder Bellen im Wald hört – wahrscheinlich handelt es sich um einen Rehbock, der versucht, einen anderen Bock zu verscheuchen. Auch die Ricke kann bellen, um vor Gefahr zu warnen. An den Reviergrenzen hinterlassen die Rehböcke Spuren: Sie plätzen, d.h. sie scharren stellenweise die obere Bodenschicht auf, und fegen ihr Gehörn an umliegenden Büschen und Bäumen. Diese Stellen sind leicht zu erkennen, da beim Fegen die Rinde von kleineren Ästen abgeschält wird. Das Trittsiegel des Rehs ähnelt dem des Elchs, ist aber erheblich kleiner, etwa 3 cm breit und 4,5 cm lang. Rehlosung besteht aus kleinen Haufen von etwa 15 mm langen zylindrischen "Bohnen".

In Süd- und Mittelschweden gibt es mehrere Rothirschbestände. Einige kleinere Bestände finden sich auch im westlichen Dalarna und in Jämtland. Diese sind vermutlich von Norwegen eingewandert. Selbst in Västerbotten gibt es einen Rothirschbestand, doch handelt es sich hierbei um Ausreißer aus einem Wildgehege; sie sind wesentlich größer als die aus Norwegen stammenden Rothirsche. Diese Hirschart zeichnet sich durch ein Fell aus, das im Sommer dunkel rotbraun ist, im Winter eher graubraun. Die Männchen haben lange, spitze Geweihstangen. Nach dem Elch ist der Rothirsch die größte Hirschart; Rothirsche sind in Schweden stark auf dem Vormarsch. Zu Beginn des 20. Jahrhunderts waren sie aufgrund des hohen Jagddrucks fast ausgerottet, so dass es um die Jahrhundertmitte nur noch einige hundert Rothirsche in Skåne (Schonen) gab. Dank gezielter Auswilderung und Ausreißern aus Gehegen hat sich die Population wieder erholt.

Der Damhirsch stammt ursprünglich aus Asien und wird häufig in Gehegen gehalten. In freier Wildbahn haben sich Ausreißer in Südschweden etabliert, sporadisch auch in Mittelschweden. Damhirsche sind größer als Rehe, aber etwas kleiner als Rothirsche; sie haben eine kürzere Nasenpartie als diese und werden gemeinhin als niedlicher empfunden. Wie die Rothirsche leben die männlichen Damhirsche während der Brunft in größeren Rudeln mit Hinden (Hirschkühen) und Kälbern zusammen. Damhirsche treten in zahlreichen Farbvarianten auf, am häufigsten aber sind sie im Sommer rotbraun mit weißen Flecken und weißer Unterseite; im Winter dagegen ist das Fell dunkel graubraun. Doch gibt es auch Individuen, die ganzjährig und am ganzen Körper schwarzbraun sind. Damhirsche haben sich in Schweden stark vermehrt, in den letzten Jahren wurden jährlich rund 15 000 bis 20 000 Tiere geschossen.

Das Rentier ist die einzige Hirschart, bei der beide Geschlechter ein Geweih tragen. Doch hat ein "sarves" (so die samische Bezeichnung für das Männchen) ein bedeutend größeres Geweih als die "vaia" (samisch für das Weibchen). Es gibt mehrere Unterarten des Rentiers. Die im Norden Schwedens lebenden Rentiere sind domestiziert und gehören den Samen. Dagegen kommen in Norwegen noch wilde Rentiere vor, die eine ursprüngliche, europäische Unterart darstellen. Vor etwa 150 Jahren wurde in Schweden das Waldrentier ausgerottet, von dem man heute nur noch kleinere Bestände in Karelien findet. In Nordamerika gibt es noch weitere Unterarten des Rentiers, von denen das Karibu wohl am bekanntesten ist.

In Finnland schließlich hat man Weißwedelhirsche aus Nordamerika eingeführt. Sie sind dort auf dem Vormarsch und es ist denkbar, dass sie sich auch in Schweden etablieren. In Schweden wurde ein erster Weißwedelhirsch während der Elchjagd 2009 erlegt. Dänemark verfügt als einziges skandinavisches Land über einige hundert Sikahirsche, die – ursprünglich aus Asien stammend – Anfang des 20. Jahrhunderts ausgewildert wurden.

Oben: Damhirsch.
Unten: Renhirsch.

# Brunft

Die Brunftzeit hängt nicht nur vom Alter des Elchs ab, sondern auch davon, in welchem Teil des Landes er lebt: Im südlichen Schweden beginnt sie früher als im Norden; aber letztlich gibt es recht wenig gesicherte Erkenntnisse hierüber. Während der Brunft steigt der Spiegel der Geschlechtshormone bei Weibchen wie Männchen an. Nie zeigen die Elche mehr Interesse aneinander als in dieser Zeit. Nun schwellen beim Elchbullen die Voraugendrüsen an, so dass sein Gesicht rundlicher wirkt. Diese Drüsen sondern einen Duft ab, der anderen Bullen signalisieren soll, das Weite zu suchen.

Der Elchbulle ist hochgradig gereizt; seine Hormone spielen verrückt und er hat weder Muße noch Zeit zu essen; daher verliert er während der Brunft etwa 20% seines Körpergewichts. Bisweilen tritt er auch aggressiv auf – wenn es gilt, seinen Brunftplatz gegen Jungbullen zu verteidigen. In der Regel genügt ein gegenseitiges Abschätzen der Kräfte, damit der kleinere Bulle kampflos davonzieht. Doch kann es bei gleichgroßen Rivalen zu einem Kampf kommen, dessen Sieger die umworbene Kuh gewinnt. Diese Kämpfe werden mit den Geweihen ausgetragen und können fürchterlich aussehen. Meist geht alles gut, doch wenn ein Bulle Pech hat und eine Geweihspitze in den Bauch bekommt, stirbt er später womöglich an Blutvergiftung oder Bauchfellentzündung. Die Jungbullen sind in dieser Zeit sehr frustriert – auch ihr Körper ist ja randvoll mit Testosteron, aber man lässt sie nicht mitspielen. Doch auch die großen Bullen sind frustriert, denn die Kühe sind nur zum Zeitpunkt des Eisprungs für die Dauer eines Tages paarungswillig, während die Bullen über Wochen hinweg gattungsbereit sind.

Wird die Elchkuh beim ersten Eisprung noch nicht befruchtet, dauert es etwa drei Wochen, bis ein erneuter Eisprung stattfindet. Dieser Vorgang kann sich ein drittes Mal ereignen (oder öfter), aber es ist für Kuh und Kalb am besten, wenn sie bereits beim ersten Eisprung trächtig wird. Kommt das Kalb nämlich erst spät in der Saison zur Welt, im Juli oder noch später, kann es schwierig werden, sich bis zum Winter ausreichend herauszufuttern.

Während der Brunft trampelt der Elchbulle mit seinen Vorderläufen mehrere Mulden in den Boden, die sogenannten Brunftkuhlen. In diese uriniert er hinein

Vierender.

und suhlt sich darin, um den strengen Geruch, den sein Urin zu dieser Zeit hat, am ganzen Körper zu verteilen; für die maximale Verbreitung des Geruchs taucht er mitunter selbst seinen Kehlbart hinein. Hat er eine paarungswillige Kuh gefunden, suhlt sich auch diese in der harngefüllten Mulde; handelt es sich um einen älteren, größeren Bullen, kann es sogar vorkommen, dass sich mehrere Kühe mit ihren Kälbern in seinen Brunftkuhlen herumwälzen. Der Geruch geht von Pheromonen aus, Botenstoffen, die die Paarungsbereitschaft stimulieren – und möglicherweise sogar den Eisprung auslösen. Befindet sich ein kleinerer Rivale in der Nähe, wird dieser vertrieben, sei es von der Kuh oder dem größeren Bullen. Besonders schlaue Jungbullen suchen dessen Brunftkuhle dann zu einem späteren Zeitpunkt unbemerkt auf, um mit Hilfe des "geklauten" Dufts ihren eigenen sexuellen Status aufzubessern. Zum Paarungsritual gehört es, dass sich Kuh und Bulle umkreisen, einander beschnuppern und begutachten; auch reibt die Kuh ihre Stirn am Kehlbart des Bullen. Die Begattung selbst ist nach wenigen Sekunden vorbei, aber das Vorspiel ist ausgedehnt. Eine Elchkuh lässt sich an dem Tag, an dem sie empfängnisbereit ist, mehrmals begatten. Ihre Kälber halten sich die ganze Zeit über in ihrer Nähe auf; sie folgen ihr bis zum Ende des Winters auf Schritt und Tritt – bis wenige Wochen, bevor sie erneut kalbt. Bekommt die Elchkuh jedoch keine neuen Kälber, dürfen die Jährlinge ihr ein weiteres Jahr folgen.

# Der Wald als Kinderzimmer

Jetzt im Mai ist im Wald richtig was los: Die Fuchswelpen sind mittlerweile groß genug, um sich aus ihrem Bau zu wagen und miteinander zu spielen. Drinnen war es recht eng geworden, und sie sind jetzt voller Tatendrang. Das Feldhasenjunge ist nun etwa faustgroß, und auch die Dachsjungen haben sich aus ihrer Höhle getraut, um sich draußen zu balgen. Selbst die Marderjungen zeigen sich und erkunden mit unsicheren Schritten ihre Umgebung. Das erste Gelege der Waldschnepfe ist eben geschlüpft; aus den Küken des Sperlingskauzes sind sogar schon Ästlinge geworden. Nun ist es auch bald für die Elchkuh an der Zeit zu kalben.

# Das Wachstum der Elchkälber

Weibliche Elchkälber werden frühestens gegen Ende ihres zweiten Lebensjahres geschlechtsreif; dann nennt man sie Schmaltiere. Doch meist vergehen noch ein oder zwei Jahre, bevor sie zum ersten Mal kalben. Männliche Elchkälber sind erst mit dreieinhalb Jahren ausgewachsen, doch da sie mit den älteren, stärkeren und erfahreneren Bullen konkurrieren, müssen sie sich in der Regel noch etwas gedulden, bevor sie sich begatten können.

Die Trächtigkeit der Elchkuh dauert etwa acht Monate. Die meisten Kälber kommen Ende Mai bis Anfang Juni zur Welt. Erstgebärende und ältere Kühe bekommen meist ein Kalb, ansonsten sind Zwillingsgeburten die Regel; drei Kälber sind selten. Die Kälber haben ein rotbraunes Fell und wiegen bei der Geburt etwa 10 kg. Das Muttertier leckt die Neugeborenen trocken, und schon nach einer Stunde können sie auf eigenen Beinen stehen. Dennoch bleiben Elchkälber in den ersten Tagen bei drohender Gefahr liegen und "drücken", statt die Flucht zu ergreifen. Dann kann es passieren, dass man einem Kalb unbeabsichtigt sehr nahe kommt. Meist hält sich die Kuh in der Nähe auf und kann ihrem Kalb jederzeit zu Hilfe kommen. Ein wütendes Muttertier greift mit den Vorderläufen an und teilt heftige Tritte aus; ein Mensch wird dabei aber nur selten verletzt, denn normalerweise handelt es sich nur um Scheinattacken. Nach etwa einer Woche heftet das Kalb sich an die Fersen seiner Mutter, auch wenn es erschreckt wird. In seinem ersten Lebensjahr folgt es ihr fast wie angeleint. Im ersten Monat verdoppelt das Kalb sein Gewicht, danach legt es täglich ein bis anderthalb Kilo zu. In den ersten Wochen wird das Kalb noch gesäugt, aber sowie die Zähne durchbrechen und sich im Magen die richtige Bakterienkultur gebildet hat, kann es zunehmend auch selbst äsen. Trotzdem wird das Kalb bis in den Spätherbst weiter gesäugt – oder sogar noch länger, wenn die Milchproduktion der Mutter nicht vorher versiegt. Elchkälber haben unverhältnismäßig lange Beine, einen kurzen Hals und kleinen Kopf. Solange sie klein sind, müssen sie oft in die Knie

Oben: Elchkuh mit nur wenige Tage alten Kälbern.
Unten: einen Monat alte Kälber.

gehen, um zu äsen. Die Schnauze eines Elchkalbs ist kurz und spitz, der Schädel hat eine dreieckige Form, was dem Kalb ein kindliches Aussehen verleiht – im Unterschied zum länglichen Kopf der ausgewachsenen Tiere.

Zum Ende des Sommers sollte ein Kalb mindestens 90 kg wiegen, um durch den Winter zu kommen. Im Winter nimmt es nicht an Gewicht zu, eher im Gegenteil; trotzdem wächst es weiter und das knubbelige und kindliche Aussehen verschwindet zusehends.

Wie schwer ein Elchkalb im Herbst ist, hängt nicht in erster Linie davon ab, wann es zur Welt gekommen ist, sondern vor allem vom Wetter im Vorsommer, als es noch ganz klein war. Am besten für das Kalb ist ein kühles, feuchtes und fruchtbares Klima, Hitze und Trockenheit sind am ungünstigsten.

Im Frühling und im Vorsommer ist die Äsung am üppigsten und nahrhaftesten; in dieser Zeit kann das Muttertier am besten säugen, da ein gutes Nahrungsangebot die Voraussetzung für eine reichliche Milchproduktion ist. Die Sterblichkeit von spätgeborenen Elchkälbern scheint höher zu sein als die von im Mai und Juni geborenen.

Ein paar Wochen, bevor die Elchkuh mit neuen Kälbern niederkommt, verstößt sie ihren bald einjährigen Nachwuchs. Für den kommt das völlig überraschend – er war die ganze Zeit über immer am Gängelband der Mutter und wirkt jetzt sehr unselbständig. Elchkühe können ihren letztjährigen Kälbern ausgesprochen aggressiv klarmachen, dass diese künftig alleine zurechtkommen müssen. Die Jährlinge sind völlig desorientiert. In dieser Zeit, Mitte Mai, müssen Autofahrer ganz besonders aufpassen, wenn sie in Elchgebieten unterwegs sind, denn die unglücklich herumirrenden Jungelche verursachen zahlreiche Verkehrsunfälle.

Oben: ein etwa einen Monat altes Kalb mit Kuh. Unten: Mitte September ist das Kalb gut vier Monate alt.

# Nahrung

Elche sind Wiederkäuer, sie kauen ihre Nahrung also zweimal und haben einen speziellen Verdauungskanal. Sie können sich von faserreichen und – insbesondere im Winter – eher nährstoffarmen Pflanzen ernähren, müssen dafür aber täglich große Mengen zu sich nehmen: bis zu 10 kg im Winter und im Sommer sogar noch mehr, wenn sie Kälber aufziehen und Fettreserven für die Brunft und einen langen Winter aufbauen.

Elche scheinen eine besondere Vorliebe für Wasser und Wasserpflanzen zu haben. Ihre großen Schalen lassen sich weit spreizen, so dass sie auch auf morastigem Boden laufen können. Sie lieben Seerosen und andere Wasserpflanzen; um unter Wasser zu äsen, verschließen sie ihre Nasenlöcher und können etwa eine Minute lang die Luft anhalten. Für einen besonderen Leckerbissen tauchen sie bisweilen sogar ein paar Meter! Wenn sie schwimmen, liegt ihr Körper tief im Wasser, so dass nur die Schnauze und der Rücken zu sehen sind. Aus der Ferne könnte man meinen, eine riesige Schlange vor sich zu haben. Es gibt Berichte von Menschen, die in Storsjön in Jämtland ein großes Seeungeheuer gesehen haben wollen. Vielleicht handelte es sich in Wirklichkeit ja um eine Gruppe hintereinanderher schwimmender Elche, die von abergläubischen Menschen als Seeungeheuer gedeutet wurden? Das ist keineswegs undenkbar.

Wasserpflanzen sind nahrhaft und enthalten viele für Elche wichtige Mineralien. Im Sommer gibt es Nahrung im Überfluss. Dann ist die Kost der Elche vielfältig und gehaltvoll und besteht zum Beispiel aus den Knospen und Blättern von Espen und Birken, vielen Kräutern und Beerenreisig. Kahlschläge sind ausgezeichnete Fressplätze für Elche und Rehe, die neben den Blättern von Wildwuchs und Büschen gerne auch die eiweißreichen Waldweidenröschen abäsen, die den Waldboden in den ersten Sommern nach einem Kahlschlag oder einem Brand bedecken.

Im Winter ist das Nahrungsangebot stärker eingeschränkt, vor allem auf Beerenreisig und Heidekraut sowie die Zweige von Nadel- und Laubbäumen. Unter letzteren sind nun Salweiden und Birken besonders wichtig; und während der Elch

Äpfel sind lecker!

Fichten verschmäht, stellen Kiefern jetzt sein Hauptnahrungsmittel dar. Dabei sind insbesondere Kiefernschonungen gefährdet, was für Waldbesitzer ein echtes Problem bedeutet; viele von ihnen fordern daher, die Abschussquoten für Elche in ihrem Gebiet zu erhöhen. Gerade in Wintern mit viel Schnee halten sich Elche bevorzugt in Kiefernschonungen auf, da sie an Beerenreisig, Heidekraut und kleinere Büsche, die sie sonst abäsen, nicht herankommen. Im Unterschied zu Rehen bereiten ihnen Kälte und Schnee keine Probleme. In schneereichen Regionen ist es von Vorteil, lange Beine zu haben!

Da die Kost der Elche im Norden Schwedens eiweißreicher ist als im Süden, können sie dort außerordentlich groß werden. Außerdem ist der Jagddruck dort geringer, so dass man in den nördlichen Landesteilen mitunter gewaltigen Kapitalschauflern begegnet. Doch gibt es solche auch andernorts. Beispielsweise findet man auf Öland mittlerweile richtig große Elche, mit zwanzig und mehr Enden. Möglich ist dies, weil das Nahrungsangebot auf Öland sehr gut ist, aber auch, weil die Jagd dort für vier Jahre ausgesetzt wurde und die Elche unterdessen prächtig gedeihen konnten. Dass man heute auch in Småland große Elche antrifft, ist dem Sturm Gudrun zu verdanken, der 2005 über den Süden Schwedens fegte und zahllose Bäume fällte. Dadurch sind unbeabsichtigt viele und große Kahlschläge entstanden, die den Elchen reiche Äsung bieten. Die Kiefern, mit denen man diese Kahlschläge dann bepflanzt hat, stellen ja ebenfalls eine wichtige Nahrungsquelle für die Elche dar. Darüber hinaus verfolgt man in der Region eine vernünftige Jagdpolitik, so dass sich die Elchbestände innerhalb einiger Jahre in etwa verdoppelt haben.

Bisweilen äsen Elche Ebereschen (oben); im Winter setzen sie insbesondere jungen Kiefern schwer zu, was ein Problem für die Forstwirtschaft darstellt. Fichten hingegen (unten) verschmähen sie.

# Geweih

Wie bei allen Hirscharten außer dem Rentier trägt auch beim Elch nur das Männchen ein Geweih. Es beginnt aus dem sogenannten Rosenstock zu wachsen, einem Stirnbeinfortsatz, der sich bei männlichen Elchen zwischen dem Ohr und dem Auge befindet.

Beim Geweih handelt es sich also um einen knöchernen Auswuchs; er besteht somit aus einem ganz anderen Material als zum Beispiel die Hörner von Kühen, Ziegen, Schafen oder auch Nashörnern. Letztere bilden ihre Hörner aus demselben Material wie der Mensch seine Haare und Fingernägel.

Beim Elch werden zwei Geweihformen unterschieden: das Stangen- und das Schaufelgeweih. Auch Mischformen – ein Stangengeweih auf der einen und ein Schaufelgeweih auf der anderen Seite – treten auf. Stangengeweihe sind ab den Rosenstöcken verzweigt, während Schaufelgeweihe aus einer Platte bestehen, die am Rande mit Zacken besetzt ist. Schaufelgeweihe sind zudem massiver als Stangengeweihe. Die Form des Geweihs wird vererbt, und auch wenn sich das Geweih eines Elchbullen im Laufe seines Lebens verändert, so ähnelt es sich doch von Jahr zu Jahr. Es kommt also nicht vor, dass ein Elchbulle in einem Jahr ein Stangengeweih trägt und im folgenden ein Schaufelgeweih. Beide Geweihformen sind in ganz Schweden zu finden, doch sind Elche mit Stangengeweih im Süden häufiger und solche mit Schaufelgeweih im Norden.

Man pflegt einen Elchbullen nach der Zahl seiner Geweihenden zu benennen. Wenn er beispielsweise vier Enden an jeder Geweihstange hat, spricht man von einem "geraden Achtender"; hat er auf der einen Seite vier und auf der anderen Seite drei Enden, spricht man von einem "ungeraden Achtender". Ein Zehnender gilt bereits als großer Elch. Eine exakte Altersbestimmung anhand der Zahl der Geweihenden ist nicht möglich. Trotzdem sagt die Größe des Geweihs natürlich etwas über das Alter des Elchbullen aus, und nur ein ausgewachsenes Tier hat auch ein großes Geweih. Im Alter von zwei Jahren hat ein männlicher Elch zwei abstehende Spieße, die man

Im April ist das künftige Geweih nur zu erahnen.

Die Entwicklung des Geweihs bei einem Vierzehnender, aufgenommen im Verlauf eines Jahres in Skillingaryd, Småland. Das obere Foto ist im Mai entstanden, das mittlere im August und das untere Anfang November.

auch als "Fahrradlenker" bezeichnet (in der deutschen Jägersprache spricht man dagegen von einem "Spießer"; Anm. des Übers.). Das Geweih wird von Jahr zu Jahr größer, bis der Elch ein Alter von etwa acht Jahren erreicht hat. Dann spricht man von einem "Kapitalschaufler". In den folgenden Jahren wächst das Geweih nicht weiter, sondern wird nach einigen Jahren maximaler Größe wieder kleiner und bildet sich zurück. Will man also genau wissen, wie alt ein Elch ist, muss man seine Zähne untersuchen. Wie Bäume haben nämlich auch Zähne Jahresringe.

Gestalt und Größe des Geweihs zeigen für andere Elche den Status des Bullen an. Während der Brunft wird es eingesetzt, um andere Elche zu beeindrucken und – hoffentlich – andere Bullen zu verscheuchen. Bei Bedarf dient das Geweih auch als Waffe. Im Verlauf des Winters wird es abgeworfen, doch bereits nach einigen Wochen beginnt sich ein neues Geweih zu bilden. Anfangs zeigen sich nur zwei behaarte Beulen, die sich wie warme, pulsierende Kiwis anfühlen. Das Geweih wächst mit einer Geschwindigkeit von bis zu 7 cm pro Woche, was einmalig in der Tierwelt ist; und auch den Rekord in der Kategorie "größtes Geweih der Tierwelt" hält selbstverständlich der Elch. In der Wachstumsphase ist das Geweih von einer Basthaut umgeben; sie ist reich an Nerven und Blutgefäßen, die das Geweih mit Nährstoffen versorgen. Der Wachstumszyklus des Geweihs hängt von der Tageslichtdauer ab; zunächst wird er von Wachstumshormonen gesteuert, dann von Geschlechtshormonen. Wenn das Geweih ausgewachsen ist, wird die Blutzufuhr beendet; die Basthaut stirbt ab und trocknet ein. Nun nähert sich die Brunft und der Testosteronspiegel des Elchbullen erreicht sein Maximum. Möglicherweise juckt es ihn in der Basthaut, denn August bis September ist für ihn die Zeit, sein Geweih zu fegen. Dabei scheuert er sein Geweih an Bäumen und Büschen, um sich der abgestorbenen Basthaut zu entledigen. Diese baumelt nun in großen Fetzen herum; und wenn sie nicht von alleine abfällt, beißt er sie ab. Die tote Haut dient Füchsen und Mäusen als Nahrung (sofern der Elch sie nicht selbst frisst). Durch das Fegen an Büschen und Bäumen färbt sich das zuvor weiße Geweih bräunlich. Nun ist es höchste Zeit für den Paarungsakt. Nach Ende der Brunft sinkt der Spiegel der Geschlechtshormone wieder; die Knochenbrücke im Rosenstock wird immer poröser, bis spätestens im Januar oder Februar das Geweih abgeworfen wird. Ältere Elchbullen werfen ihr Geweih am frühesten ab. Man kann sich vorstellen, wie angenehm es sein muss, diese Last loszuwerden, denn ein großes Elchgeweih wiegt rund 15 kg. Die abgeworfenen Geweihe sind für andere Tiere eine

Ist das Geweih ausgewachsen, wird die Basthaut abgefegt. An sich ist das Geweih weiß, doch wird es mit der Zeit dunkler.

Ein Achtzehnender in Härjedalen hat sein Geweih abgeworfen.

wichtige Nahrungsergänzung. Sie enthalten große Mengen Kalzium, und kleine Nagetiere lieben es, an ihnen herumzuknabbern! Wenn man das Glück hat, im Wald ein Elchgeweih zu finden, kann man oft ihre Nagespuren daran entdecken.

Zum Teil trägt die Jagd nach Trophäen die Verantwortung dafür, dass es in Schweden heute allzu wenig richtig große Elchbullen gibt. Auch wenn die für die Jagd zuständigen Behörden mittlerweile empfehlen, diese zu schonen, damit sie sich fortpflanzen können, fällt es einem Jäger sicher schwer, einen Kapitalschaufler ziehen zu lassen, wenn er ihn vor der Büchse hat. Zum einen bedeutet ein solcher Bulle eine Menge Fleisch; und zum anderen ist ein großes, schön gewachsenes Geweih sehr begehrt.

Indessen darf man nicht nur der Trophäenjagd die Schuld an der geringen Zahl großer Elchbullen im Land geben; eher noch liegt die Ursache darin, dass man nicht genügend Tiere auswachsen lässt. Das Durchschnittsalter der erlegten Bullen lag zuletzt bei nur 19 Monaten.

Einige Leute sammeln abgeworfene Geweihe. In der mitleren Reihe vier "Jahrgänge" von ein und demselben Elchbullen.

## Trophäen

Der Conseil International de la Chasse (CIC) legt in seinem *CIC Red Book* weltweit gültige Formeln zur Vermessung und Bewertung von Jagdtrophäen fest (und sanktioniert auf diese Weise die Trophäenjagd). Hier wird unter anderem die Größe des Geweihs berücksichtigt, die Zahl der Enden sowie die Symmetrie des Geweihs. Den verschiedenen Merkmalen des Geweihs werden Punkte (bzw. Punktabzüge) zugeordnet. Für 300 Punkte oder mehr gibt es eine Goldmedaille; Bronze liegt bei 250-274,9 Punkten. Die Medaillen muss man hierzulande bei Svenska Jägareförbundet (dem Schwedischen Jägerverband) selbst beantragen und bezahlen. Der kapitalste Elch, der in Schweden bislang zur Strecke gebracht wurde (am 9. September 1982 in Vuollerim, Norrbotten), war ein Sechsundzwanzigender; dabei war dieser Elch erst sechs Jahre alt! Einen noch größeren Elch, einen Zweiunddreißigender, hatte man 1955 tot in einem See in Revsund (Jämtland) gefunden. Ebenfalls 32 Enden hatte ein 2010 in Riebnes bei Arjeplog (Norrbotten) geschossener Elch, der gegenwärtig aber noch nicht offiziell bewertet worden ist. Ein Jahr zuvor wurde im ostsibirischen Kamtschatka sage und schreibe ein Sechsunddreißigender mit 1050 kg Lebendgewicht erlegt. Mit 50 kg Gewicht und 180 cm Spannweite dürfte sein Geweih eines der weltweit größten sein.

Ein Jäger mit seinem Grauhund.

# Jagd

In Schweden herrscht ein großes Interesse an der Jagd, wobei der Elchjagd die größte Bedeutung beigemessen wird. Allherbstlich begeben sich rund 250 000 Jäger auf Elchjagd. In der Jagdsaison 2009-2010 wurden gut 88 000 Elche geschossen. Die Jagdzeitungen sind voller Berichte davon – Jäger scheinen ein großes Bedürfnis zu haben, ihre Jagderlebnisse mitzuteilen, aber auch ihre außerhalb der Jagd gemachten Beobachtungen. Denn sie beobachten ihre Elche genau: Zahl, Größe, Geschlecht – und wo man sie findet.

Der Elch war zu allen Zeiten ein geschätztes Jagdwild. Im Mittelalter wurde er hart bejagt, so dass die ersten Jagdbeschränkungen bereits im 14. Jahrhundert erlassen wurden. Im 18. Jahrhundert gingen die Bestände aufgrund einer allzu intensiven Bejagung stark zurück; um 1820 war der Elch bis auf ein paar im Land verstreute Stämme fast ausgerottet. Dabei war die Jagd dem Bauernstand lange nicht gestattet; erst durch eine Verordnung König Gustavs III. aus dem Jahre 1789 erhielten

Grundbesitzer das Recht, auf ihrem eigenen Grund und Boden zu jagen. Dreimal im Verlauf des 19. Jahrhunderts war die Elchjagd verboten, doch wurde das Verbot jeweils wieder aufgehoben, als sich die Bestände erholten. In den 1920er Jahren stand der Elch abermals für einige Zeit in Teilen Schwedens unter Naturschutz.

Heute beginnt die Elchjagd in Süd- und Mittelschweden am zweiten Montag im Oktober, im Norden einige Wochen früher. Dort wird sie während der Hochbrunft ausgesetzt, um danach wieder aufgenommen zu werden. Die Jagdsaison endet regional unterschiedlich, spätestens jedoch Ende Februar. Die Abschusszahlen einschließlich Angaben zu Geschlecht und Alter der erlegten Elche werden an die jeweilige Provinzialregierung (länsstyrelse) weitergeleitet. Diese Daten liegen dann der Berechnung der Abschussquoten für das folgende Jahr zugrunde. In der ersten Woche der Elchjagd melden die Jäger außerdem alle beobachteten Elche an den Schwedischen Jägerverband; auch diese Daten sind wichtig, um die Größe der Elchbestände in den verschiedenen Regionen berechnen zu können. In gewissen Fällen erfolgt die Bestandsaufnahme vor der Jagd aus der Luft. Auch die Suche nach Losung

erlaubt Rückschlüsse auf die Größe der Elchstämme; dies Verfahren ist billiger, aber zeitaufwändiger.

Die erste Woche der Elchjagd ist die wichtigste, und viele Jäger nehmen eigens Urlaub, um jetzt daran teilnehmen zu können. Zu Beginn der Jagdsaison ist es zudem leichter, zum Abschuss zu kommen: Die Elche richten ihre Aufmerksamkeit noch stärker aufeinander, da sie sich noch in der Brunft befinden; außerdem sind sie ja seit Monaten nicht bejagt worden.

Die Jagd ist in Schweden sehr stark von Traditionen geprägt und genießt in der Allgemeinheit großen Rückhalt. Dennoch sieht man sich heute dem Problem gegenüber, dass immer weniger junge Menschen sich der Jagd zuwenden wollen. Das ist nicht zuletzt eine Kostenfrage, denn das Jagen ist ein teures Hobby, wenn man die Kosten bedenkt, die für die mittlerweile obligatorische Jägerprüfung, den Kauf von Waffen und anderer Ausrüstung, Pacht- und Abschussgebühren sowie möglicherweise noch Mitgliedsbeiträge in einem Jagdverein entstehen.

Die Elchjagd ist in Schweden durch Gesetze und Verordnungen reglementiert, wobei dieses Regelwerk derzeit einige Veränderungen erfährt. Die zuständigen Behörden sprechen jetzt nicht mehr nur von der Jagd, sondern auch von ökologischen Aspekten und einer ganzheitlichen Perspektive. Leider sind die Elchbestände im Lande von geringer Qualität. Zwar besteht grundsätzlich wohl Einigkeit darüber, dass es viele Elche in Schweden gibt (mit einigen Ausnahmen, beispielsweise in Uppland); doch ist ihr Durchschnittsalter sehr gering – vielerorts liegt es nur bei etwa zwei Jahren. Junge Elchkühe tragen aber überwiegend nur jeweils ein Kalb aus, während Kühe im mittleren Alter meist Zwillinge zur Welt bringen. Da die Jäger nicht nur am Fleisch der erlegten Tiere interessiert sind, sondern auch eine schmucke Jagdtrophäe als besonderer Anreiz gilt – je prächtiger das Geweih, desto besser – , werden mehr Elchbullen als -kühe zur Strecke gebracht. Eine ungleiche Geschlechterverteilung mit viel zu wenig ausgewachsenen Bullen ist die Folge. All dies soll sich durch das neue Regelwerk ändern, denn künftig soll der Anteil ausgewachsener Elchbullen auf 40% anwachsen und 60% aller geschossenen Elche sollen Kälber sein.

In Skandinavien werden verschiedene Jagdarten praktiziert: Einerseits die Pirsch und die Ansitzjagd (d.h. der Jäger wartet auf dem Anstand oder Hochsitz auf vorüberkommendes Wild). Diese Jagdarten kann man alleine betreiben; viele Rehe werden

auf diese Weise erlegt. Andererseits ist es – gerade bei der Elchjagd – natürlich leichter, wenn man Hilfe beim Auffinden der Beute bekommt; daher haben viele Jäger einen Elchhund. Am häufigsten verwendet man hierzu schwedische und norwegische Hunderassen wie Jämthund und Grauhund, aber auch den Schwarzen Norwegischen Elchhund, den Weißen Schwedischen Elchhund oder den Hälleforshund. Bei dieser Jagdart spürt der freilaufende Hund den Elch auf; hat er ihn erreicht, stellt und verbellt er ihn. Der Elch, vom Hund an der Flucht gehindert, bleibt stehen; hört der Jäger seinen Hund, kann er sich nähern und den Elch zur Strecke bringen. Dabei achtet der Jäger darauf, bei jedem Bellen des Hundes einen Schritt zu machen, so dass der Elch ihn nicht kommen hört. Auf diese Weise kann der Jäger dem Elch ziemlich nahe und zu einer guten Schussgelegenheit kommen, nur muss er natürlich aufpassen, nicht seinen eigenen Hund zu treffen. Auch Stöberhunde kommen bei der Jagd auf Schalenwild zum Einsatz, so zum Beispiel Springer Spaniel, Terrier oder Wachtelhunde, die Kurzjager sind. Ihre Aufgabe besteht darin, in ein Gebüsch oder ein kleineres Waldgebiet zu laufen und alles darin befindliche Wild aufzuscheuchen. Anders als Bracken folgen Stöberhunde also nicht einem bestimmten Tier und jagen auch nur für einige Minuten. Bracken hingegen verwendet man gewöhnlich für die Rehjagd; hier zeichnen sich beispielsweise der Teckel oder der Basset Griffon aus.

0–4 km
90

# Feinde

Elche sind ein nicht nur von Menschen begehrtes Wild. Wölfe ernähren sich hauptsächlich von Elchen; im Sommer reißt ein Wolfsrudel im Schnitt ein Elchkalb pro Tag. Zu Beginn des Sommers sind die Elchkälber noch klein, wie auch die Wolfswelpen. In dem Maße aber, in dem die Kälber wachsen, müssen die Wölfe nicht mehr so viele Kälber töten. Gegen Ende des Sommers reicht gut ein Elchkalb jeden zweiten Tag, um ein Wolfsrudel zu sättigen. Wölfe reißen fast ausschließlich Elchkälber, manchmal aber auch Jährlinge. Sie jagen auch andere Tiere: Rehe, Biber und anderes Niederwild; aber das Hauptnahrungsmittel der Wölfe ist Elch.

Die Konkurrenz um die Elche trägt sicherlich mit dazu bei, dass die Jäger nicht so glücklich sind über unsere wachsende schwedische Wolfspopulation; außerdem kommt es vor, dass Wölfe Jagdhunde töten. Untersuchungen haben gezeigt, dass Elche für die Wölfe hier in Skandinavien eine leichtere Beute sind als dies in Nordamerika der Fall ist. Dort glücken nur 10-20 % der Jagdversuche, ein Wolf in Skandinavien ist hingegen etwa jedes zweite Mal erfolgreich. Man vermutet als Erklärung, dass die Elche hier nicht mehr an Raubtiere gewöhnt sind – ganz im Gegensatz zu den nordamerikanischen Elchen, die auch Menschen gegenüber aggressiver auftreten. In Schweden haben die Elche über hundert Jahre lang keine Raubtiere mehr in ihrer Nachbarschaft gehabt, so dass der Mensch die Rolle seines größten Feindes übernommen hat. Der Jagddruck durch den Menschen ist in Skandinavien weitaus höher als in Nordamerika; und selbst in einem Wolfsrevier wird ein Elch hierzulande eher einem Menschen als einem Wolf zum Opfer fallen.

Doch sterben Elche nicht nur infolge der Jagd durch Menschen und Raubtiere (Wölfe und Bären); jährlich kommen knapp 500 bei Zugunfällen und etliche tausend im Straßenverkehr zu Tode. Aber ein Feind kann auch klein sein: Elche sind oft von vielen Zecken befallen, die nicht selten Krankheiten auf ihr Wirtstier übertragen. Und wer einem Elch einmal zu nahe gekommen ist, hat vielleicht auch schon die Erfahrung gemacht, wie bissig eine Elchlaus ist (bzw. Hirschlausfliege, wie sie eigentlich heißt). Diese fiesen Tiere kriechen dem Elch ins Fell, beißen ihn und trinken sein Blut. Sie sind etwa 1 cm lang und äußerst unangenehm!

Elch i Härjedalen, von einem Wolf gerissen.

# Sarek

Es ist kaum möglich, ein Buch über Elche zu schreiben, ohne den Nationalpark Sarek zu erwähnen, der vor gut 100 Jahren eingerichtet wurde. Zusammen mit den im Osten bzw. Westen angrenzenden Nationalparks Stora Sjöfallet und Padjelanta bildet er einen der größten Nationalparks Europas mit einzigartigen Ausblicken auf die unberührte Natur Nordschwedens. Der Park besteht aus hohen Bergmassiven, engen Tälern und reißenden Flüssen. Es ist ein dramatisches, hochalpines Gebiet mit einer Vielzahl von Gletschern. Sarek ist auch bekannt für seine großen Elche. Da diese hier nicht bejagt werden, sind sie besonders groß und viele von ihnen haben keine Scheu vor Menschen, so dass man ihnen richtig nahe kommen kann. Elchbullen mit über 20 Enden sind in diesem Gebiet keine Seltenheit; Bären, Luchse und Vielfraße gibt es hier ebenfalls, aber um diese, oder auch den kleinen Polarfuchs, zu sehen, braucht man eine Menge Glück. So oder so ist es ein unvergessliches Naturerlebnis, hier für eine Woche wandern zu gehen. Man sollte allerdings bedenken, dass man sich in unberührter Natur befindet; für ungeübte Bergwanderer ist diese Gegend wenig geeignet. Man übernachtet im Zelt und muss all seine Ausrüstung und Verpflegung mit sich herumtragen.

# Literaturnachweise

Menabenus, Apollonius (1581), *Det stora djuret: en 1500-talsskrift om älgen.* Aus dem Lateinischen übersetzt und mit Einleitung und Anmerkungen versehen von Hans Helander. Stockholm: Fischer & Co. 1996.

Olaus Magnus (1555): *Historia om de nordiska folken.* Nachdruck der 1909-1925 von Michaelisgillet herausgegebenen und aus dem Lateinischen übersetzten Ausgabe. Mit Anmerkungen von John Granlund. Hedemora: Gidlund 2010.

Skunche, Folke (1948), *Älgen.* In: Gösta Notini, Bertil Haglund (Red.), *Svenska djur I: Däggdjuren.* Stockholm: P. A. Norstedt & Söners Förlag.

Svensson, Rolf (2008): *Älgen – från kalv till vuxen.* Nyköping: Svenska Jägareförbundets förlag.

**Websites:**

Schwedischer Jägerverband (Svenska Jägareförbundet): www.jagareforbundet.se

Elchforschung an der Schwedischen Landwirtschaftsuniversität Umeå (Sveriges lantbruksuniversitet, SLU): www.alg-forskning.se

S. 28 und 31: Die Bilder von Dam- und Rothirschen sind in Wildgehegen aufgenommen worden.